AF393463

DAS UNSICHTBARE REICH

OSKAR LOERKE

copyright © 2023 Culturea éditions
Herausgeber: Culturea (34, Hérault)
Druck: BOD - In de Tarpen 42, Norderstedt (Deutschland)
Website: http://culturea.fr
Kontakt: infos@culturea.fr
ISBN:9791041909841
Veröffentlichungsdatum: FEBRUAR 2023
Layout und Design: https://reedsy.com/
Dieses Buch wurde mit der Schriftart Bauer Bodoni gesetzt.
Alle Rechte für alle Länder vorbehalten.
ER WIRT MIR GEBEN

Eingang

Johann Sebastian Bach errichtete aus schwingender Luft den weltumfassenden unsichtbaren Gottesstaat und ging bei Lebzeiten in ihn ein wie der chinesische Maler der Legende in sein Bild. Betrachten wir die trotz der dreißig Bachjahrbücher, trotz Spitta, Schweitzer, Pirro, Terry spärlichen Nachrichten von seinem irdischen Wandel und verbinden Früheres mit Späterem, so bemerken wir überall den gleichen Zug und Sog.

Es ist, als ob der apokalyptische Richter eine große Waage in der Hand hielte, auf deren eine Schale das Sichtbare, auf deren andere Schale das Unsichtbare gelegt wäre. Anfangs zieht das sichtbare Gewicht seine Schale tief hinab, dann steigt sie auf, obwohl ihre Last nicht vermindert wurde, und die andere, die scheinbar nichts zu tragen hat, sinkt immer schwerer nieder.

Die erste Hälfte des Lebens wirkt farbig, die zweite grau. Die erste ist einigermaßen bewegt, die zweite bescheiden an Gesten, die erste heftig, die zweite leise. Die Grenze zwischen den beiden Hälften liegt ungefähr bei der Übernahme des Leipziger Amtes. Aus dem funkelnden Virtuosen und dem der üppigen Sonne Welschlands günstigen Kapellmeister ist ein einfacher Kantor geworden; ihn deckt das schwarze Gewand des geistlichen Beamten. Auch die äußere Bewegung des Aufenthaltswechsels hört auf. Weit drüben liegt die jugendliche Schlägerei mit dem Fagottisten Geyersbach um Barbaras willen und der zornige Auftritt mit der vorgesetzten Behörde, hüben schleppt sich der lange kleine Streit mit den Schülerpräfekten hin. Drüben liegt das kaiserliche Herrschen auf dem Orgelthrone, etwa in der von einer Feuersbrunst zerstörten Stadt Mühlhausen, wo die Leute unlustig geworden waren, Musik zu hören, die nicht sauertöpfisch war, und wo er erst recht das tollkühne harmonische Feuer eines eigensinnigen Kopfes in den Ruinen angezündet hatte. Hüben wurde die Orgel an den offiziellen Festen von einem anderen bedient, und er spielte sie verborgen zu einsamen Feiern. Auch die Hofkapelle inmitten des zeremoniellen fürstlichen Flitters ist hinter ihm geblieben, und er hat sie, dem Glanz entrückt, in der Heimlichkeit wieder eingerichtet: sie besteht nicht mehr aus Spielern und Hörern, die scheinen wollen, sondern aus eigenem Fleisch und Blut, das nur sein will; Frau Anna Magdalena, die liebe Sängerin, strahlt über allen, und die älteste Tochter, die Söhne helfen mit. »Insgesamt aber sind sie geborhne Musici und kann versichern, daß schon ein Concert vocaliter und instrumentaliter mit meiner Familie formieren kann.« Es berührt so, als habe Bach seinen Leib vervielfältigt, um sein eigenes Orchester zu sein. Er hat gleichsam auch seine Kapelle mit nach innen genommen. Alles wird nach und nach unscheinbarer, inniger und gründiger. Der Umkreis der Allgemeinbildung sogar verengert sich zum gleichen Ziele. In Ohrdruf lateinische Aufsätze, Briefe Ciceros, Griechisch, Theologie; auf der Michaelisschule in Lüneburg Cicero gegen Catilina und De officiis, Gedichte des Horaz, Virgils Äneis, Rhetorik; später das ewig gleiche, die biblische Lehre samt ihren Auslegungen in Liedern, Predigten, Betrachtungen, polemischen Verteidigungen. Die Geltung im lebendigen Umkreis wächst gleichfalls von außen nach innen. Als Kind in der Schule hatte er geleuchtet, in der Tertia hatte er den ersten Platz inne, in der Sekunda den zweiten. In der Akademie der Meister seiner Zeit blieb er im Hintergrunde der Altmodischen; in der Mitzlerschen musikalischen Sozietät zu Leipzig erscheint er erst spät als Mitglied, und er hat keinen großen Ehrgeiz, aufgenommen zu werden; als er dann ernsthaft entschlossen ist, reicht er freilich eine überaus kunstreiche Aufnahmearbeit ein. Leidlich und einigermaßen gleichbleibend, jedenfalls nicht in wirkliche Not absinkend, scheint nur Bachs wirtschaftliche Lage gewesen zu sein. Oder suchen die Mächte seiner Sendung ihn auch da von dieser Welt loszuringen? War er am wohlhabendsten nicht als Kind? Der Waisenknabe, der bei seinem armen Bruder eine Zuflucht gefunden hatte, verdiente als Leichen- und Hochzeitssänger so viel, daß er schließlich keinen Freitisch mehr brauchte. Nachher wuchs zahlenmäßig der Sold, aber auch der Druck der Abhängigkeiten und Verpflichtungen. Die vielen Kinder, Mädchen und kostspieligere Knaben, aßen sein Brot mit. Die guten trockenen Jahre fressen an ihm, in den feuchten ungesunden sterben mehr Menschen, er sagt es selbst, und sein Geschäft, mit der tragbaren Orgel und den Schuljungen an die Gräber zu ziehen und die Abgeschiedenen in die Ewigkeit hinüberzumusizieren, blüht dann besser. Sogar, was Freunde senden und Gönner spenden, geht verloren; ein Fäßchen Wein läuft unterwegs aus, Taler kommen nicht an. Der mit Teilen der H-moll-Messe erbetene Titel eines königlich polnischen Hofkompositeurs, der ihn wie ein Kulissenlicht sichtbarer machen sollte, läßt peinlich lange auf sich warten. Ach, es war wohl schon über die zweihundert Jahre her, daß die fürstlichen Kantoren selbst als Fürsten in großen reichen Stiftskirchen gesessen hatten, als hohe Prälaten mit Inful und goldenem Stab und Herren über Untertanen. Es war schon lange her, daß ein schwärmerischer Kurfürst in Meißen eine ewige Kantorei gegründet hatte, wo Tag und Nacht die müden Sänger von frischen abgelöst wurden, daß der Dom wie eine ewige tönende Leuchte im Lande stand.

So blieb nur das eine – die Ehre des vom Erzengel gezeichneten großen Mannes: möglichst viel von sich selbst in das Werk hinüberzuschaffen, hinüberzulenken, hinüberzuschauen, -zuhoffen, -zuwälzen, -zuträumen, -zusinnen, -zusehen, je nachdem es schwer oder flüchtig, lastbar oder leicht, offen oder listig, widerstrebend oder willig, fest oder flüssig war. Sich bewahren, um sich aufgeben zu dürfen, sich hinschenken, um sich zurückzuerhalten, sich lösen, um sich zu sammeln, sich zerteilen, um ganz zu werden – lauter einander aufhebende Notwendigkeiten sind Ereignis des exemplarischen Künstlerlebens und ergeben es.

Dadurch scheidet sich der Künstlermensch von dem anderen Geschworenen der unsichtbaren Welt, dem Mönchsmenschen. Die Mönche aller Religionen verzichteten auf die Zerstreuungen und Ablenkungen des geschäftigen Lebens, um alle Wucht auf das eine dann noch Verbleibende zu werfen, – aller Religionen, denn es gibt den Mönchsmenschen nicht dem Bekenntnis gegenüber, sondern er ist ein Bekenntnis. In der Bettelnuß wird weniger die Speise ins Kloster getragen, als der Gott aus dem Kloster mitgenommen. Dem Leibe werden die Nachtwachen und Entbehrungen angetan, damit durch seine Wahrheit keine Störung im reglos beschlichenen Traumbezirk eintrete. Der Leib muß sich standhaft fühlen gleichsam in einem betäubenden Lärme der Müdigkeit.

Bachs in Tönen jenseitige Welt aber war das volle Diesseits. Als es dort hinübergerettet war, ohne hier zu verlöschen, ermüdeten die kurzsichtigen Augen und erblindeten zuletzt. Aus dem körperlichen Dunkel diktierte er seinem Schwiegersohne Altnikol das Lichte, den letzten Orgelchoral mit dem Doppeltexte »Wenn wir in höchsten Nöten sein« und »Vor deinen Thron tret ich hiermit«. Dann, zu kurzem Abschied, war noch einmal der süße Tag der Erde um ihn.

Irdische Wanderungen: Entdeckungsfahrt in der inneren Welt

Dieses Leben, das nach den Annalen von 1685 bis 1750 reichte, währt im Machtraum des Geistes, immer wachsend und sich verjüngend, nun schon zweihundertfünfzig Jahre. Dürfen wir die Ehrfurcht einmal spielerisch sein lassen und es als sinnbildlich nehmen, daß sein Anfang nicht genau feststellbar ist? Die Urkunden beglaubigen nur, daß Sebastian Bachs Taufe am 23. März vollzogen wurde; daraus schließt man nach der damals geübten Sitte und Bachs Angabe in der Genealogie auf den 21. März als den Geburtstag. Dies gilt für den alten Kalender, nach dem neuen wäre es der 31. März. Und auch die Grabstelle des Meisters, über die lange der öffentliche Verkehr hinflutete, war bis 1894 unbekannt, dann erst barg man auf Grund einer Eintragung im Register des Leipziger Johannishospitals und nach Vergleich des Schädels mit dem Antlitz Bachs auf Haußmanns Porträt und anderen zeitgenössischen Bildern unter drei Eichensärgen den mittleren. Das war der Sohn des armen Musikanten Ambrosius in Eisenach und seiner Frau Elisabeth Lämmerhirt. Wir suchen aber den Ungestorbenen, der in sein Werk hineingegangen ist und daraus nicht mehr wiederkehrt. Dessen Ursprung reicht um viele Jahrhunderte hinter die Geburt zurück.

Diesem Ursprunge strebte er, so scheint es uns nachträglich, auf den Fußwanderungen seiner Jugend und später auf seinen Orgelprüfreisen entgegen. Seine Pilgerschaften, wie die des Kindes nach Ohrdruf oder die des fünfzehnjährigen Michaelisschülers nach Lüneburg, die des Jünglings zu dem greisen Orgelkönig Adam Reinken in Hamburg und zu dem nordischen Gewaltigen Dietrich Buxtehude an Sankt Marien zu Lübeck, führten ihn nicht in immer neue Lehre nur, auch nicht seine Bahn von Amt zu Amt, als Violinist in Weimar, als Organist in Arnstadt und zu Sankt Blasii in Mühlhausen, als Hoforganist, Kammermusikus und Hofkonzertmeister wieder in Weimar, als Kammermusikdirektor und Kapellmeister in Köthen, schließlich als Thomaskantor in Leipzig, – vielmehr brachten sie ihn an die äußersten Enden der Welt, seiner inneren Welt. Er ersteigt die Gebirge in sich selber, erwandert seine Meere. Überall versinnbildlichten die wirkenden Musiker große neue Tonvölkerschaften, und zuweilen sah Bach deren Älteste von Auge zu Auge. Der Ohrdrufer Bruder war ein Schüler Pachelbels, des Erfinders des neuen süddeutschen Geschlechts der Orgelchoräle. Ein anderes Tonvolk stellten die Stücke Georg Böhms vor, eines Bekannten seiner Familie. Es war gut, Böhm selbst kennenzulernen, denn die ihm eigentümlichen Verzierungsarten waren kaum schon genug Sprache für die harte Melancholie seiner Versenkung. In der Hamburger Katharinenkirche wurde durch Reinken ein drittes Tonvolk laut, breit, pomphaft, weltmännisch wie sein Regent, dem noch im Greisenalter Wohlleben und Frauen wichtig waren. Als Bach den fast Hundertjährigen noch einmal besuchte, um ihm in seinem, Bachs, Orgelvorspiele »An Wasserflüssen Babylons« die Summe der abgelaufenen Künstlerbahn vorzuspielen und zu zeigen, daß er sie begriffen hatte, da trat Reinken mit der Versicherung, nun könne er in Frieden dahinfahren, die Herrschaft an ihn ab. Ein viertes reckenhaftes Volk regte sich in den Musiken Buxtehudes, unbändig an Stolz und Kühnheit, ritterlich schweifend und dann unvermutet voll nordisch bittersüßer Sonnenstille. An Buxtehude gewann Bach die persönliche Begegnung mit dem anderen Genie, er dehnte seine Urlaubsfahrt zu ihm auf fast so viele Monate aus, wie er Wochen hätte fortbleiben sollen. Sein Wunsch, Händel zu sehen, hat sich nie erfüllt. Von Lüneburg wallfahrtete er nach Celle. Dort hielten die Franzosen Haus mit Musik von Lully und anderen. Wie oft und breit er in seinen künftigen Weltherrschaftsbereich vorstieß und daß er nichts schonte, was ihm frommen konnte, beweisen die zahllosen Notenabschriften, die er sich anfertigte, und mehr noch seine Weiterarbeit an dem Gedankengut fremder Meister. Um einen Augenblick bei den Franzosen zu verweilen: er schrieb um 1703 das Orgelbuch des Reimser Organisten Nicolas de Grigny ab, er huldigte André Raisin, indem er eine zahme Figur von ihm in der Orgel-Passacaglia gewaltig machte, er nahm ein Fugenmotiv Marchands in ein Brandenburgisches Konzert und verarbeitete eine Allemande von Couperin im Wohltemperierten Klavier (Pirro). Indessen, nur ein Benennen der wiederentdeckten Beziehungen würde Seiten und Seiten füllen. – Zur Beute kommen ferner die Tausende von Kompositionen, die in den Bibliotheken der Orte, wo er verweilte, aufgehoben waren. Schon auf derLüneburger Station fand er alles Erdenkliche, Sammelwerke wie das Florilegium Portense, ein Promptuarium musicum, Cantiones sacrae und Psalmi Poenitentiales, Lassos Selectissimae cantiones, Einzelwerke bedeutender und unbedeutender Verfasser.

Bei einer solchen Umschau in die Weite lassen sich außerdem überall Schnitte in die Zeitentiefe senken. Er erweckte gleichsam die Toten, um sie sich friedlich zu unterwerfen. Da erscheinen die Generationen seiner Musikersippe in seinem Blute, da tut sich die Reihe seiner Vorgänger im Thomaskantorat auf: Kuhnau, Schelle, Rosenmüller, Schein, Sethus Calvisius. Da erscheinen auch die Instrumente, besonders das Überinstrument, die Orgel, mit ihrer jahrtausendlangen Geschichte. Sie hatte erst kurz vor Bach ihre volle zweckmäßige Weisheit errungen, und Bach, ihr Arion nach dem Worte des Universitätsrektors Gesner, auch technisch-mechanisch ein Wisser durch und durch und ein Erfinder, suchte ihr auf seinen amtlichen Prüfreisen diese Vollkommenheit zu erhalten.

Im Zeitpunkt seines irdischen Erscheinens hatte das musikalische Werden auf vielen Gebieten eben seine letzten Vorkehrungen und Zurüstungen beendet, als sollte nun der größte Geist seine Hand auf sie alle legen und ein Regieren ihrer aller beginnen. Nicht allzulang vor Bach war der Taktstrich erfunden worden, welcher die vertikale Gliederung der Tonmassen betonte und einschärfte. Erst kurz vor ihm war das Notensystem auf fünf Linien gebracht worden. Einst hatten sich die Noten ja unbeschützt in einer schrecklichen dunklen Raumwüste aufgehalten und sich nur befangen zu rühren gewagt. Die Klänge bewegten sich zwar klamm in der Höhe und Tiefe, aber wo und wohin? Endlich zog man einen harten Strich in der Mitte, der das Oben und Unten normierte. Dann baute man Linientürme von vielen Geschossen übereinander. Frescobaldi hatte ein Siebenliniensystem. Es war möglich geworden, den Tönen, da sie sich im unerkundeten Raume nicht mehr zu verirren brauchten, die Fülle des Wohlklangs anzuvertrauen. Noch Heinrich Schütz, hundert Jahre vor Bach geboren, gibt den Rat, man möge seine Musik langsam singen, damit sich alles wohl unterscheiden lasse und kein Fliegenkrieg der Noten entstehe.

Der Allgenius tritt auf, und alles Lebendige atmet mit seinem Odem.

Und sogar in den Hoheitsbereich der Alten Kirche fährt sein Sturm.

»Zum Raum wird hier die Zeit«

Wohl niemand noch war verwegen genug gewesen, an Palestrina zu tasten. Entzieht er sich doch jeglichem Willen zum Werden. In seinen Stücken äußert sich, nach Worten Richard Wagners, die einzige Zeitfolge fast nur in den zartesten Veränderungen einer Grundfarbe, und wir erhalten ein fast raumloses Bild, eine durchaus geistige Offenbarung, von welcher wir daher mit so unsäglicher Rührung ergriffen würden. Kein Wunder, daß Bach sich einer solchen magischen Offenbarung zubeugte, aber er nahm sie in seinen Denkstil auf. Zu einer großen Messe Palestrinas schrieb er eine Begleitung mit Trombonen, Kornetts und Orgel aus und ließ sie auf seinem Generalbaß ruhen.

Ähnlich ist sein Verhältnis zu einem anderen Magier, zu Frescobaldi. Bach hat ihm zwar auch genug Einzelnes, Bestimmtes entlehnt (so ist das Hauptmotiv seiner Orgelkanzona in Frescobaldis »canzon dopo la Pistola« und Fragmente des Themas und Kontrasubjekts im zweiten Christe des »Kyrie delli Apostoli« bei ihm von den Historikern festgestellt worden), er hat sich als sein demütiger Schüler die ganzen »fiori musicali« abgeschrieben, aber ebenso wie die Ausdrucksmethode wird ihn der Duft des trächtigen Chaos erregt haben, das alles umgab und woraus erst er jene Form in endgültiger Festigkeit hervorzurufen verstand. Klingt es uns heute nicht wie eine Sage, daß Frescobaldi, kein äußerlicher Virtuose, eine dreißigtausendköpfige Zuhörerschaft in ekstatischen Bann tat, daß die Menge seiner Anhänger ihm von Stadt zu Stadt nachpilgerte? Nach der Vorrede seines Hauptwerkes und ihren Ermunterungen zu Freiheiten dürfen wir vielleicht schließen, er habe gleichsam absichtlich durch trunkenes Schwanken in tollkühner Phantastik zum Rausch eingeladen, seine neue Chromatik, unbegrenzt vermehrbare Ausweichungen hätten exotische Fernen verheißen. Bach entdeckte in den farbigen Nebelmeeren das Festland. Keine dreißigtausend folgten.

Vervollkommnung der Form entsteht nicht durch bloße Zutat aus der neueren und reicheren Persönlichkeit, sondern durch Einbau in ihre gesamte Gegenwart. Wie sucht sich eine solche Gegenwart dem Schicksal des Verfalls zu entziehen? Wir verstehen lange vor der geschriebenen Überlieferung in den Stein der Gebirge geritzte Tierbilder. Die vor Jahrzehntausenden mit dem Einritzen vorgenommene Rettung des ruhelos sich verwandelnden Anschaulichen tritt auch für uns noch ein. Eine Stunde des Geistes schrieb sich in den Fels und wurde dadurch vor dem Versteinern bewahrt. Das Fließende des seherischen Gefühls gerann in Härte und darf daher heute wieder flüssig sein. Die Gegenwart von damals ist uns herübergereicht. Die zerstörenden Kräfte, die physiologisch und biologisch im Leben das Unpersönliche und im Tode das Persönliche aufheben, ohne Pause, immerdar, sind aufgehoben in einem dritten: der Kunst. In der Kunst sind Tod und Leben nur noch Wahrheiten der Erscheinung, Pole des ordnenden Sinns. Denn ihre Gegenwart ist zu einer Zeit über der Zeit geworden und diktiert neue Bedingungen der Zeitlichkeit, mögen diese nun das Körperliche, Sittliche oder Begriffliche angehen. Der diesseits der Kunst jede Gegenwart ausschlackende Brand ist in ihr ohnmächtig geworden. Es fällt aus ihm nicht mehr die Schlacke Vergangenheit. Vergangenheit, in das Werk der Kunst hineingebildet, bedeutet nicht mehr etwas Auflösendes, sie ist gestaltender Bestandteil an seinem Kosmos. Der Möglichkeit nach verharrt sein geistiges Gepräge, hätte es auch nie einen Zuschauer oder Zuhörer. Geringere Werke schließen neben der Kunst, die sie durchwaltet, noch viel anderes in sich. Sie dulden dieses nicht nur, sie fordern es, um überhaupt entstehen zu können. Gerade dadurch, daß sie den Gesetzen ihrer Zeit möglichst vollständig folgen, verlieren die zeitunbedingten Gesetze in ihnen an Geltung. Wenn sie altern, tritt in dem Gewicht ihrer Bestandteile eine merkwürdige Umkehrung ein: sie enthalten dann nicht mehr zuviel Stoff aus der Erfahrung und Erinnerung, sondern sie sind nicht mehr genügend mit Stoff erfüllt. Für den hohen Künstler ist die Form ja nicht entstanden, um benutzt zu werden, sondern sie wird benutzt, um zu entstehen im jeweiligen Beispiel. Der Typ ist ihm nicht da, während er erwächst, und ist ihm gestorben, sobald er geboren ist. Der Vollendungstrieb gehört zum Begriffe des Typs, die Vollendung nicht. Der Schaffende muß mit ihm verfahren, als wäre er noch nicht da. Es ist eine Grausamkeit der Kunst, daß, wer zuerst eine mächtige Form ersann, sie immer wieder, über Jahrhunderte hinweg, wie zum ersten Male ersinnt, daß aber, wer sie ihm nachgießt – und geriete sie ebenso makellos –, uralt schon in seiner Jugend ist. Musik insonderheit bleibt im letzten unzugänglich, wenn sie nicht an jedem Tage ihrer Wiederholung ihren Geburtstag hat. Bei jedem Spielen und Hören entsteht auch der Gehalt mit dem Gefäß.

So denn: nach älterer Musik kann man Bach hören, dagegen nicht leicht nach Bach ältere Musik. Im ersten Falle glaubt man: hier in den Älteren sind doch die Ideen Bachs vorhanden, schlicht, klar, – er hat sie nur aufgenommen, noch einmal geboren. Im zweiten Falle rinnt Blei in die Gedanken der Älteren: eine Fuge ist dann inhaltlos, eine Tokkata ein bloßes Gerüst. Selbst eine Leidenschaft ist dann ein Rezept geworden, sie ist unpersönlich angefüllt, nicht mehr mit dem Herzen ihres Meisters, sondern mit dem seiner Epoche. Sie ist ein kunstgeschichtlicher, ein kulturgeschichtlicher Beleg geworden. Zum Erklingen gebracht, trägt sie die zwei- oder vierhundert Jahre ihres Alters auf dem Rücken. Solche Musik lagert sich in der Luft des archäologischen Staunens. Der unmittelbare Ernst bleibt draußen: diesem Ernst bleibt das Werk lediglich Objekt. Und trotzdem: ist das wirklich so? Wir zögern. Im großen Vorhof um Bach schallt es uns plötzlich von unzähligen gespielten und gesungenen Symphonien, und keine Staubschicht legt sich mehr verdunkelnd zwischen sie und uns. Und nochmals trotzdem: wer löst uns die Frage, ob ohne Bach jene Werke uns nicht gestorben wären? Uns, die wir vor der Kunst nicht gelehrt sein wollen? Wer weiß, ob Bach uns die Alten nicht um Generationen in dieses sein heutiges Dasein vorgerückt hat?

Freilich, die Schlösser Palestrinas und auch Frescobaldis scheinen aus sich selbst hell, und sie prunken. Das Dauernde aber des Leuchtens in diesem Lichte ist der Katholizismus, aus dem sie stammen. Eine den Künstlern mitgegebene allgemeine Form durchdrang die besondere, die sie ihrem Gebilde mitgaben. Unverwitterliches läßt sie nicht verwittern. Und unser ungeheurer Heinrich Schütz zog ultra montes. Er, der Protestant, war in Venedig Schüler Giovanni Gabrielis bis zu dessen Tode, er studierte auf seiner zweiten italienischen Reise die Art des großen Monteverdi, er sandte weiterhin Botschaften nach Italien und empfing Botschaften daher.

Bach durchschreitet also, ohne die nahe Heimat mit seinen Füßen zu verlassen, wachenden Ohres alle Hallen im archaischen Gebäude des Katholizismus und verweilt lange sogar vor dem Altar Sankt Peters, an dem, von Gregor dem Großen gesammelt und angeschlossen, die zur Unveränderlichkeit bestimmten Kirchenmelodien, ganz wörtlich zu verstehen, ein Jahrtausend lang an der Kette gelegen haben. Die Klänge zaubern ihn nicht fest, sondern er holt auch sie. Dem frommen Manne Bach wohl, doch nicht dem Musikanten bedeutet die Reformation eine Schlucht, die undurchschreitbar wäre. Er muß an die Marken seines Reiches, und sein Reich ist kein zeitlich, sondern ein räumlich umfassendes Reich. Er überschaut es innerlich, und siehe da: in ihm befindet sich auch die gregorianische Provinz. Dorther vernimmt man das »credo, credo!« somnambuler Gottergebenheit, wie es lutherdeutsch die thüringischen Kindheitstäler durchscholl, das »confiteor unum baptisma« (H-moll-Messe), das den Tafeln des Neuen Bundes seit seiner Aufrichtung eingegraben ist, dort vernimmt man das jahrtausendchörige Amen, wenn Gott »die Seele seiner Turteltauben« nicht den Feinden geben soll. Es ist aufgelesenes eigenes Eigentum, daher ergeht sich das Confiteor erst in einer neuerfundenen Melodie, bevor es in der alten mündet. So entzieht auch das deutsche Magnificat dem vielleicht ebenfalls gregorianischen Choral die Alleinherrschaft, indem es ihn im ersten Satze zuerst nur vom Sopran, dann vom Alt singen läßt und ihn im Duett »Er gedenket der Barmherzigkeit« der begleitenden Tromba überweist; auch zu einem Orgelstücke hat Bach dieses Duett umgearbeitet. Begibt sich jedoch Bach bewußt in die ultramontane Fremde, so rüstet er sich danach und wahrt die Sitte: das Credo wird von fünf Singstimmen statt der außerhalb dieser Messenchöre überwiegend üblichen vier gesungen, und die beiden solistisch mitwandernden Violinen stoßen mit zwei weiteren Stimmen zu dem Haufen; der Baß geht an ihnen vorüber wie die gleichmäßig geraden Bäume eines endlosen Waldes, und da jenseits der Berge altertümliche Künste aus Niederland gepflegt wurden, so üben sich die sieben Bekenner unterwegs darin. Nur das eine gestehen sie nicht zu, daß der Priester intoniert und sie antworten, sondern sie sind allesamt Laienpriester und heben sofort aus eigener Würde an.

Auch sonst mischt sich die selbstverantwortlich profane Heiligkeit in die sakrale von den Ahnen her. Um die Stille der »katholischen« Orgelfugen Bachs, deren es eine ganze Reihe gibt, donnern die Orkane seiner heidnischen Präludien und Tokkaten. Daß er zuweilen ein früheres faustisches Präludium vor eine spätere kirchliche Fuge setzt, beweist am deutlichsten sein Gleichgewichtsbedürfnis. In den mehr weltlichen Klavierwerken hat das »Katholische« einen ähnlich freimütig gewährten und bestrittenen Platz. Aber die zweite D-dur-Fuge und die zweite E-dur-Fuge des Wohltemperierten Klaviers, die man zum Beispiel in diese Gattung gerechnet hat, besitzen durch ihre Vorspiele eine noch weiter gespannte Sicht über die frohgefühlte Lebensfläche hin als die entsprechenden Orgelstücke. Das D-dur-Präludium entfernt sich vom weihevollen Ort auf den Tanzboden: es überschlägt sich aus einem hinaufschnurrenden Lauf in den radschlagend gebrochenen Dreiklang und macht aus diesem Stoff eine Gigue. Zudem darf nicht übersehen werden, daß die beiden Fugen außer ihrer Stelle im Wohltemperierten Klavier noch eine Stelle des evangelischen Bekennens im Gesamtorganismus des Bachschen Werkes haben: die D-dur-Fuge beginnt mit dem Tenor und wird von ihm weitergelenkt; der Tenor gehört dem Evangelisten überall; dem Evangelisten gehört das episch Überschauende, das Rezitativ in seiner reinsten Gestalt. Und die D-dur-Fuge beginnt mit dem Baß; diese Stimmregion gehört Jesu, der durchs ganze Leben führenden menschlichen Hauptfigur bei Bach, und die Fuge bleibt bis zum Schluß in der hoheitsvollen Jesussphäre.

Bach hatte es in der Seele nicht vergessen: Jesus und seine Evangelisten waren unter dem gleichen Himmel über die Erde und durch das Volk gewandert, unter dem es noch etwa die Spielleute taten. Nicht immer schon hatten sie Weihrauchopfer in den festen Mauern der Dome genossen. Darum gewährte er in seinem tönenden Imperium der Volksmusik, der keuschen und sogar der kecken, überallhin Zutritt zu gleichen Rechten. Wenn er nicht ahnen konnte, daß selbst der starr feierliche gregorianische Gesang einst Gesang des lateinischen und früher vielleicht des griechischen Volkes war, so wußte er mit seinem Genie die Brudergleichheit mit den aus Liebesabschiedsliedern entstandenen deutschen Chorälen und die Brudergleichheit dieser mit den noch fast zeitgenössischen Singweisen. Allenthalben sah sein Genie das gleiche: Wo Burgen der Kirche oder der zünftigen Kunst die Musik umhegten und sicherten, waren Mauergewölbe ihr Himmel und Horizont; wo sie uneitel und vogelfrei das Brot, das auf den Äckern wuchs, und das Wasser, das in den Flüssen des Landes rann, zu sich nahm, um ihrer und des Gottes Nahrung willen, da waren wirklich Horizont und Himmel. Der Volksgesang glüht in keiner platonischen, pythagoräischen noch ambrosianischen Verklärung, aber in einem Rausche der Wahrheit, der die Verklärungen verhüllt mitenthält. Eine Maria des fünfzehnten Jahrhunderts singt: »Weinen war mir unbekannt, da ich Mutter ward genannt. Mir ist weinen nun geschehen, seit ich seinen Tod gesehen.« Daß der Sohn Gottes Sohn sei und daß sie ihn so sehr geliebt habe, steht zwar im Texte, mitzusprechen; allein der Gesang für sich erhebt seine Klage so aufwandslos und überzeugt, daß es außerhalb des Dogmas doppelt klar würde, worum es sich handelt. Das war ein brünstigeres Musizieren als das konzessionierte. Die Finger des Erdgeistes suchten sich lebendige Instrumente. In diesem Verstande hat beispielsweise der Schuster Grünwald, Mitglied der böhmischen Brüdergemeinde zu Kopfstein am Inn und als Blutzeuge verbrannt, getönt. Er hat das »Kommt her zu mir, spricht Gottes Sohn« im dorischen Lindenschmidtton neu gesungen, welchen Choral Bach mehrfach verwendet.

Bach war jeder auf ihn zukommenden Leistung gegenüber unerschrocken. Jede kam aus einer Ferne in ihm selbst auf ihn zu in den Schein des tätigen Verstandes. Wäre es anders gewesen, er hätte sie nicht bemerkt. Außer, daß sie selbständig waren, hatte das Schicksal die Vivaldi, Lotti, Allessandro Scarlatti, Legrenzi, Corelli, Albinoni, um nur noch einige Italiener zu nennen, als seine Statthalter ihm vorausgesandt. Sie hatten hie und da seine Arbeit zu beginnen, manchmal nur mit der Erfindung eines Motivs, und er vollendete sie. Da ihr Geist sich noch in den Grenzen des seinen regte, wie hätte er sich scheuen sollen, ihre Gedanken betreuend weiterzuführen? Umgekehrt findet sich (nach Schering) das Thema des Konzertes, das er das italienische nennt, im Florilegium primum des Deutschen Muffat. Was aushäusig war in einem anderen Lande oder in einem anderen Kopfe, wurde, sobald er es mit seiner Energie berührte, bachisch. Und es wurde deutsch für die Nachgeborenen, denen er es schenkte. Wo er war, blieb er einheimisch und kannte daher die Furcht nicht.

Geringere mußten zagen. Von dem zwanzig Jahre älteren Husumer Organisten Nikolaus Bruhns, einem Schüler Buxtehudes, wird eine rührende Geschichte erzählt. Aus Italien war die Violine gekommen. Diese Sängerin von Natur hatte auch Schleswig, auch Dänemark erobert. Bruhns wie die anderen widerstand ihrer bestechenden Sieghaftigkeit nicht. Allein der Gesang war ja ungelehrt, er hatte nicht Nebel geatmet, er spottete der Solidität von tausend Doktoren und Kantoren und beging das Laster, sie nicht anzuerkennen. Aber da Bruhns die Violine gern spielte und als ihr Meister bestaunt wurde, griff er die Grundmelodie auf dem Orgelpedal und führte zwei oder drei gegensätzliche Stimmen auf dem neuen, kleinen, leichtfertigen Instrumente aus. Damit glaubte er die ungezügelte Verführerin erst zu anständiger Dienstbarkeit gezwungen zu haben. Sein Spielen ist verhallt, seine Kantaten und Konzerte sind fast alle bis auf den heutigen Tag Handschrift geblieben.

Bach dagegen bewahrt dem italienischen Gesange den Charakter, selbst wenn er einmal aus der urpolyphonen Orgel hervorbrechen will. Pirro macht darauf aufmerksam, wie er im langsamen Satze der Orgeltokkata aus C-dur zwischen einem solchen Gesang und dem zusammenhaltenden Fundamentalbaß eine homophone Schicht einläßt; einfache Akkorde, unauffällige, unscheinbare Humuserde, damit nur ja jener Gesang voll erblühe.

Auch andere Instrumente läßt er als selbstgenügsame Lebewesen oft genug für sich sein und reißt zuweilen unter ihnen gar die Fundamente ganz weg. Manche enthalten doch den Vogel der Lüfte, das Schweben des Kindertraums, die losgelöste Hirtenseligkeit oder auch wie die Trompete den Krieg und den Sieg, und dieser findet kaum auf der gegründeten Erde, sondern in der Hölle und im Himmel statt. So hatte der griechische Virtuose Sakadas den Kampf Apollons mit dem Drachen Python auf dem Aulos dargestellt, mit einer einzigen Klarinette den mythischen Krieg gemalt und seine Zuhörer und Preisrichter in seine Gefahr gestürzt. So hat Bach seine einstimmigen Soloinstrumente manchmal mit furchtbarer Gewalt des Grauens oder des Glücks ausgestattet, er, der wie keiner dem Orchester der Singstimmen und dem massenhaften Bläserensemble der Orgel gebietet. Seine Flöten und Oboen vermessen sich gelegentlich, Leib der Heroen und Dämonen zu sein (die Klarinette war noch unüblich). Bestürzend gelingt ihm der Eindruck der panischen Unheimlichkeit, wenn er das, was man als eine vollständige Begleitung ohne weiteres bei ihm voraussetzt, plötzlich nicht eintreten läßt. Unter einem Chore schweigen mit einmal die Instrumente, der Chor schwebt über einem leeren Abgrunde – warum ist er nicht sofort hineingestürzt? Der kontinuierliche Baß fehlt während eines ganzen Stückes – keiner Motette –, und er stellt sich zu unserer Bängnis nicht ein: hat es sich ins Luftleere verirrt und muß dort ersticken? Beiseite harrt das Volk aus Fleisch und Bein und neigt sich mit ängstlichen Schreien der Warnung und des Schauderns herüber. Was geschieht? – »So ist mein Jesus denn gefangen!« Die Holzbläser schnüren ihn mit ihrem Motiv in Stricke, die Streicher sind aus der Polyphonie in Einlinigkeit, in Eintönigkeit zusammengequollen. Kein Baß schafft Recht, stiernackige Mietlinge tun gegen Sold ihre Arbeit.

Wohin man greift, überall Sammlung des irgendwo und irgendwie Begonnenen in einem Binnenraum! Nirgends Aufhebung und Auflösung des Errungenen, sondern Erfüllung. Bach ordnete ein Planeten- und Trabantensystem, fern dem hitzigen Ehrgeiz, Sonne sein zu wollen. Soli deo gloria, schrieb er an den Schluß seiner Kompositionen und an den Beginn der Kantaten und Passionen J. J., das ist: Jova juva! Ihm zeigte sich nur das, was sich in seinem Haupte bewegte, und es war dasselbe, was außerhalb des Hauptes vorging. Aber nun war es beisammen. Von drinnen benannt, hieß es Mensch, von draußen – All. Die Aufgabe war nicht zu suchen, er war mitten drinnen.

Von der Überführung der Erde in die Musik

Kein Frühblüher, war Bach der Meister der Meister geworden. Ihm wäre die Belebung einer Welt voll Formen zu einer riesigen Formenwelt mißlungen, wäre er nicht vorbestimmt gewesen, das Chaos aller irgend denkbaren Stoffe in einen einzigen Stoffkosmos zusammenzuschmelzen. Die christliche Lehre gab symbolisch und tatsächlich in ihrer Universalgeschichte die Uridee einer Musik, in der sich das Weltgebäude drehte, ohne Anfang und Ende, in ewiger Verwandlung. Wer Opern schrieb und Oratorien, wie Händel und Keiser, der zählte mit Knoten in goldener Schnur die Stunden der Unsterblichkeit. Bach diente, mochte er auch, den Gott vergessend, weil von ihm besessen, bloß über ein schwieriges Handwerk gebückt sein in der Abfassung eines Ricercars oder einer kanonischen Variation mit Quodlibetgassenhauern, er diente dabei dem einen, der Grund, Schicksal und Tod aller Dinge war. Er hauste in dem vierdimensionalen Raume, wo Harmonie, Melodie, Rhythmus und Dynamik ein Jegliches maßen und viereinig ein Jegliches mit dem selben Gesetz durchdrangen, den Schächer und den Seraph, den Tropfen und den Sonnenball. Steigen, fallen – und wieder steigen, fallen, in dem vierfachen Verstande: nach Höhe und Tiefe, horizontal und vertikal, nach der Schleunigkeit und nach der Kraft – mehr gibt es nicht. Mehr gibt es nicht in den Sekunden des Aus- und Einatmens, im Wechsel der Tage und Nächte, der Jahreszeiten, Jahre und Jahrhunderte, in den Beziehungen der Über- und Unterwelten, im gelassenen Herzschlag der Ewigkeit. Das Kirchenjahr teilt den Weltstoff ein für allemal und befiehlt die undurchbrechbare Wandlung von Todestrübsal und Lebensherrlichkeit. In breiten Staffeln rückt bei Bach alles Stoffliche ringsher in diesen Raum, gegen die Mitte zu, wo das allerheiligste Sanktus klingt. Die instrumentalen Stücke wiegen nicht anders als die gesungenen – jene zweistimmigen Inventionen, dreistimmige Symphonien, die sechs letzten großen Orgelfugen und das späte Bekenntnis ohne Vergleich auf Erden: die Kunst der Fuge, die über ihrem Urthema und dem Tiefsinn ihrer Stimmen vergißt, anzusagen, wer sie spielen soll – Tasten? Saiten? Saitenchöre? Auch sie ist ein Sanktus und bekümmert und ärgert sich nicht.

Das größte Hindernis, aufgelöst als ein seliger Geist im Gesange zu schweifen, ist der schwere Körper. So gilt ja die Ewigkeit auch immer nur als von Geistern bevölkert. Bachs Intuition dagegen erkennt mit besinnungsloser Leichtigkeit: das erste, was hinübergeschafft werden muß in das unsichtbare Reich des Klingens, ist der Körper in seinem Daseinsgefühl, – anders besitzt er selbst sich nicht, nur die Natur besitzt ihn anders. In allem ist seine Ruhe oder Bewegung. Die höchste Verzückung wäre nicht ohne ihn: ihre größte Leistung war, ihn einzuschläfern, ihn sich selbst vergessen zu machen, ihm Mohn oder Wein oder Haschisch der Überwelten zu reichen. Wäre er nicht da, so wäre er auch nicht zu überlisten. Und wird er zum Verzicht bewogen, so nur mit der unsäglichen Versicherung, er dürfe dableiben und wiederkommen. Anders würde die Hingebung in den Wahn führen, wo das Bewegende und die Bewegung nicht mehr identisch blieben, oder in den selbstgewählten Tod.

Und er ist in der Musik Bachs überall dageblieben. Mustern wir flüchtig etwa die Matthäuspassion, so ist sie durchgehends auch von Bachs Körperempfindung ein Zeugnis. Keine Klage ohne einen Klagenden, keine Buße ohne einen Büßer. Profund angesehenes Daseinsgefühl erweckt seine schlummernden Möglichkeiten und bereichert sie in unabsehbarer Reihe.

Das Gefühl des Körpers an die Musik verschenken, heißt den Blick in die Weite befreien, heißt bemerken, daß Hirsch und Hund laufen, daß der Vogel schwebt, der Wurm kriecht, und es heißt, darüber andächtig erstaunen. Es heißt sogar, das Geheimnisvolle des Nebenmenschen wirklich und wahr nehmen und ihn in seiner Kreatürlichkeit anerkennen. Sich körperlich wissen, heißt das schwermütige Glück und die Milde finden, die dem viel Überblickenden unentrinnbar sind. Dieses Erfahren des Körpers ist nicht abhängig von naseweisem Lernen und Wissen, und es ist auch nicht so, daß es alle Stunden die heilige Leihgabe wäre. Indessen das höchste Geistige, vor dem der Verstand versagt, ist nur noch mit der Intuition des Körpers aufzufassen. Logisch schließenden Gedanken wäre die Himmelfahrt niemals eingefallen, doch dem preisgegebenen Blute fällt sie ein, und dann weiß auch der Geist sie vorzustellen und ihr nachzuschauen. Die tiefen Himmelfahrten, in denen der Körper von der Seele mitgenommen wird, können sich täglich ereignen. Im Gesange mancher Instrumentalfugen für Orgel oder Klavier sind sie das eigentliche Geschehen, während ein Leid durch vier Nachtgefährten sich zuspricht und, gefaßt den Ausweg suchend, im Kreise zieht: nichts erhebt sich in den vier Gefährten und um sie herum, aber es geschieht, daß der dunkle Stern von ihnen absinkt, so fernhin, daß die Bekümmernis nicht mehr heraufdringt, daß der dunkle Stern, nur ein geometrischer Punkt, zwischen anderen Sternen steht. Und ist die Fuge zu Ende, so hat er sich wieder an seine gewohnte Stätte gefunden, der Spieler mag aufstehen, seine Füße brauchen nicht zu suchen, wohin sie den nächsten Schritt nach dem letztgetanen zu setzen haben.

Die christlichen Mysterien sind für den, der sie künstlerisch gestalten will, auf keine andere Weise zu begreifen als auf körperliche. Daß der göttliche Erlöser im Fleische wandelt – wie soll er anders *wandeln*? Er bedient sich derselben dynamischen Sprache wie der Musiker selbst. Erlösung ist dem Musiker zunächst Selbsterlösung. Hörte er von der Tatsache theoretisch reden, so hülfe es ihm nicht dazu, auch nur eine Notenzeile zu schreiben. Lichtet sich jedoch der betrübte, unerlöste Komplex in seinem Lebensgefühl, so ist der Vorgang der Erlösung primitiv bereits erfahren. Der Gedanke der Erlösung, und zwar der Erlösung durch Gnade, ist der Gedanke der Musik selbst.

Die mystischen Lehren des Christentums reden zur entschlossenen Bejahung des Körpers gut zu. Jesus, der höchste Mensch, wohnt im Fleisch, und sogar Gott, der höchste Geist, wohnt im Fleische. Es wohnt auch – warum soll man nicht über das Alltägliche erstaunen? – jeder andere hohe und niedere Geist mit allen seinen zukünftigen Taten neun Monate im Fleische eines Weibes. Der Kriegsbringer, dessen Tote noch leben, der Brandstifter, dessen Flammen noch nicht wogen, der Dichter, der die Seelen führen wird, der Musiker, dessen Chor noch stumm ist! Das Weib geht auf der Gasse, steht am Herd, lacht, ringt die Hände. Dieses ansehen und dabei wissen, daß sie die Zukunftsträgerin ist, heißt für den Tonschöpfer, sie in dem allen als Zukunftsträgerin zeigen. Wohnt für ihn nun der Christus oder der Heilige Geist im Fleische, so doch vor allem, um sich seiner zu bedienen, um sich mit dem Lebensgefühle des Körpers verständlich zu machen. Er läßt den Körper einen erlesen schönen Gang tun und sagt damit: es ist mein Gang. Er läßt ihn tiefer jubeln und weinen, als er es vordem konnte, und spricht damit aus: das bin ich. Aber der Mensch, in dessen Körper der Geist wohnt, wacht eifersüchtig darüber, daß er sein eigenes Fleisch und Blut zurückerhalte, er will wieder auf seine eigene Art gehen und ruhen, frohlocken und schluchzen. Seine bitterste Trübsal wäre, wenn der göttliche Geist bei seinem Aufbruch in die Sphären riefe: du hast deinen Körper an mich abgetreten und empfängst ihn nie wieder.

In Jesu Sterben erblickt Bach den Tod für alle und den Tod aller. Im Weihnachtsoratorium ist die Rede von der Zeit, da Maria gebären sollte. Die Weihe dieses Todes ist für ein kurzes da: Mitleid mit der leidvollen Kreatur, aber im Fernblick des Gefühls dämmert auch schon die Kreuzigung und das Absterbenmüssen alles Geborenen herauf. Das Schluchzen um das Haupt voll Blut und Wunden hallt von der Eingangsschwelle des freudepaukenden Hauses, und von der Ausgangsschwelle, betäubt vom schmetternden Blech, schluchzt noch immer das gleiche Lied.

Die Musik hat keine Mittel, die Gottheit um der Menschen willen da sein zu lassen, und umgekehrt. Beide sind um ihretwillen da, denn sie sind. Die Musik gibt beides tönend:

Erlösungssehnsucht hienieden und Herrlichkeit da droben, – eine endgültig nie auszufüllende Kluft liegt dazwischen. Die Übergänge vom einen zum andern Ufer sind also musikalische Wege oder keine. Die Klänge vermögen die Sphären nicht in logische Abhängigkeit voneinander zu versetzen, sondern nur die Ausdrucksmittel der Sphären. Wie, drücken aber nicht ebendiese Mittel den kausal lebendigen Inhalt dieser Sphären aus? Nein, nur ihren beharrenden Inhalt auf bewegte Weise! Gott und Menschen sind dort aus dem gleichen Stoffe gebildet. Außermenschlichkeit entzöge den Gott der musikalischen Schöpfung. Menschlichkeit, Endlichkeit des Mittels macht ihn mächtig, sie erhöht ihn, indem sie in ihm den Menschen erhöht. Ein unmäßiger Abstand würde den Gott wie den Menschen vernichten.

Immer kommt es Bach auf den Gehalt der Tätigkeit selbst an, nicht auf das, worauf sie sich richtet. Der Tätigkeitsgehalt denkt sich in seiner Form zu Ende. Man kann einen Menschen umarmen, ein Kreuz umfangen, den Gott Christus umschlingen, einen Gedanken umwinden: auf die gleiche Weise bildet dabei Bach das Umfassen vor. Ob es sinnlich, geistig oder moralisch sei, drückt er nicht aus, einzig seine Gestalt. Der Mensch, das Kreuz, der Gott, der Gedanke gehen in ihrer Kraftäußerung auf. Der Umarmung als Vorgang sind alle Gegenstände stofffrei. Die Umarmung hat viel mehr vollbracht, als einem einmaligen Impulse zu folgen. Sie hat alle Impulse in sich hineingeschlungen und ist dadurch zu einem sie alle oderihrer keinen bergenden Stücke Natur geworden. Sie ist das geworden, was sie immer war, ein Sehnsuchtsausbruch aller Geschöpfe, in allen schlummernd, in allen erregbar.

Bewegung der Töne ist das bestürzend einfache, das kindlich geniale Mittel, die Bedeutung der Töne vom Alltagsraume der Worte abzulösen und in den idealen Raum, in den sie als Wesen ragen, einzuführen. Über ihre tönende Erscheinung hinaus fassen sie diese Bedeutung nicht. Der Eindruck der Akkorde insgesamt beispielsweise ist etwas Neutrales, solange man sie nach bloß technischem Vorsatz verwendet. Berücksichtigt man einen Augenblick die lahme ästhetische Unterscheidung, einige von ihnen seien lusthaltig, andere unlusthaltig, so tötet man schon das besondere Leben der Musik. Soll der dumpfe Trieb regieren, so kann er nur Lust sein: noch in den Kellern der Verzweifelung beherrscht die Musik Lust, nur erlebt die Lust dort ihre Nacht statt des Tages.

Wir sind in den Bezirk der Identitäten eingetreten. Auch seelische Bewegung wird dadurch, daß sie sich des Mittels der Musik bedient, zu sinnlicher Bewegung. Sobald ein Tönen beginnt, ist physische Bewegung da. Der nackte Ton sei kurz oder lang, er bewegt sich nach seinem Ende. Ein Akkord sei konsonant oder dissonant, er drängt nach seiner Veränderung oder Auflösung. Dauert er, so führt er uns seinen Willen zum Fortleben oder seinen Kampf vor dem Erlöschen vor. Eine Figur steige, falle oder winde sich, um einen noch so zarten Ahnungshauch, einen noch so selbstvergessenen geistigen Aufschwung zu begleiten, ihre Bewegung ist die Bewegung von etwas Körperhaftem: eine Stelle wird verlassen, eine andere erreicht.

Wenn nun in dem Übergange eines einzigen Akkordes in einen einzigen anderen der Himmel veralten kann, oder ein gesunder Leib in einen kranken verdirbt oder Heiterkeit in Betrübnis verkehrt wird; wenn ferner durch einen einzigen Melodiefall in die Septime, None oder Dezime ein Sturz in Verderbnis, Grab, Hölle symbolisiert werden kann; wenn sich durch eine einmalige Linie der Bewegung »lange«, »Schlaf«, »Weg«, »warten« oder durch eine andere gleichermaßen »jauchzen«, »flattern«, »fließen« ausdrückt, – sollte dann dort, wo diese Einmaligkeiten verarbeitet auftreten, das heißt nach der technischen Triebkraft der Lied- oder Fugenformen wiederholt, abgeändert, im Wachstum bestimmt oder im Kreise geführt, sollte da das Natürliche plötzlich abhanden kommen: nämlich eben der veraltende Himmel, der verderbende Leib, der Sturz in die Hölle? Sollte die Verarbeitung mit ihrem Abschleifen, Abscheuern, Untersuchen,

Kombinieren, Verkleinern, Vergrößern nicht erst recht die Natur nach ihren Identitätsreihen enthüllen? Den Vorgang im Lebensgefühle des Menschen und im Lebensgefühle der Gottheit Pan? Wir Zuhörer sind nicht befugt und wollen nicht technisch sprechen. Wir suchen nur immer die Grenze, wo sich Welteindruck und Weltausdruck treffen, immer nur die Gigantomachie zwischen dem Ich und dem Du. Die vielen vortrefflichen technischen Analysen bleiben im Du Bachs, die vielen unentbehrlichen historischen in seinem Ich. Die Dämonien der Identität zwingen Bach, sie so zu schaffen, als wären sie Gestalten, während sie doch nur Gewalten sind. Wir alle nehmen im Herzen keine Gewalt wahr, die nicht nach der Gestalt drängte, die nicht schon hart an der Grenze wäre. Wie wäre es sonst möglich, daß sich Bach, dem Künder jedermanns, die abstrakten Bibelsprüche oft bevölkern mit vielen Stimmen unsichtbarer Scharen, mit vorausgesetzten Situationen, unerzählten Geschichten? Das alles ist so exakt und ohne Rätsel wie in den Musiken, die epische Textabschnitte begleiten und die demnach ebensowenig Geschichtsmalerei sind.

Gleichnisweise nimmt Bach auch bei der Überführung der Instrumente in das unsichtbare Reich Verwandlungen vor. Nicht nur, daß er die begleitenden Orchestersätze der aus dem Weltlichen ins Geistliche erhöhten Stücke reicher und völliger macht, er nimmt sich außerdem der instrumentalen Individuen an. Eine Violine ist ein vereinzelter seliger Landfahrer, ein Klavierinstrument dagegen ist eine Gemeinschaft. Was der Landfahrer, wenn er klug ist, zu sagen hat, kann auch dem Gemeinwesen nützen. Marcello hat etwas gegeigt, wie war es zufällig! In der Sammlung der sechzehn Klavierkonzerte, die summarisch nach Vivaldi benannt werden, hat es in der Abhängigkeit von imitierenden Stimmen ein umsichtiges und gesichertes Dasein gelernt. Bach selbst hat etwas gegeigt, es ist untergegangen und dann wiedergekehrt in dem mannigfaltiger organisierten sechsten Klavierkonzert. Eine D-moll-Fuge hat ihren endgültigen Frieden erst auf der Orgel erobert, nicht vorher auf vier Saiten. Die Sinfonia der Kantata »Wir danken dir, Gott« gehörte ursprünglich der dritten Violinpartita an, und die Orgel hat es nicht leicht, ihr das arielhafte Flirren fortzuerhalten. Ein profanes Jubelorchester spielt zur Weihnacht nochmals auf: nun erst gleitet ein Irisieren dreifarbig gebrochenen Lichtes, vertieft wie der Regenbogen nach der Sintflut und kaskadenrasch rauschend, glatt um die Frohlockenden – Blechbläser, Holzbläser und Streicher, jede Gruppe in der vollen Milde ihrer Natur, wie reines Gelb, Rot und Blau, und doch in einen fiebrigen Wirbel der glanzstiebenden Vermischung geschleudert.

Denken wir uns nur Einzelheiten aus dem Regelbuch der Vernunft, etwa die chromatischen Alterationen und Verminderungen der Intervalle, in die künstlerische Weisheit *über* der Vernunft eingezeichnet, so werden daraus Dinge, denen wir uns nur mit sinnbildlicher Zeichensprache annähern können: Geschwollenes, Geschrumpftes, Traurigkeit, Schreck, Schmerz, Entstellung; Modulation der Enttäuschung, ja der Verspottung des Erwarteten; zusammengekrampfte Intervalle, angefressene Fundamente, ungesunde Luft; Korrumpiertes, nicht Tragfähiges, Entartetes, Verweichlichtes; Flecken, Missetat, Armut; Unterspülendes, Auflösendes; Gestaltloses, Unsichtiges, Feuchtes, Schlüpfriges, Modriges, Morastiges. Und so fort. – Eine gleiche Verzauberung tritt bei sämtlichen anderen Einzelheiten und noch unendlich intensiver infolge ihrer unabsehbaren Verbindungen untereinander ein. Auch das, isoliert angesehen, Verwunderliche wird in das umfassende Werden eingereiht: Bach bringt einmal beim Worte »verschmerzen« Triller an. Warum trillert er? Ist es das Kitzeln der Wunde, wenn sie heilt? Das Aussetzen und Wiederkehren des Schmerzes? Er baute nicht wie viele seiner Vorgänger künstliche Uhrwerke, auf denen beim Stundenschlag eingeschaltete Apostelzüge vorbeimarschierten. Das persönlich Gefundene ist bei ihm allgemein gültig geworden, weil der elementare Haushalt der Musik in jeder Hinsicht, melodisch, harmonisch, rhythmisch, dynamisch, agogisch, niemals zum privaten Haushalt werden kann. Ähnlich verhält es sich mit den ebenfalls auf eine begrenzte Dauer und Geltung beschränkten geschichtlichen Befunden. Die durch Dogmen angeregten Stücke sind durch dogmatische *Kunst* ihres Inhaltsreizes gänzlich entkleidet, so die Orgelspiele über die Katechismuslieder. Auch der kirchlich Gläubige glaubt heute das Kirchentum nicht so, wie es vor zweihundert Jahren war; auch er glaubt nur die Musik, wie sie sich seinem Ohr anvertraut. Was das vergehende Diesseits in der Zone des Übergangs zur Kunst aufgeben mußte, erlangt es im beständigen Jenseits der Musik wieder. Ihr Jenseits erhellt sich zu einem anderen Diesseits, und das bisherige Diesseits verdunkelt sich zum Jenseits. Alles atmet dort von neuem auf, in noch schärferer Bestimmtheit als hier, aber aus anderen Gründen und unter anderen Lebensbedingungen. Es lebt dort von Anbeginn namenlos und nackt. Mehr noch: sehen wir angestrengt nach Sichtbarem, so haben wir nur einen Geist vor uns, prüfen wir den Geist, so fassen wir nur den Umriß von fast tastbaren Formen. Sie werden nicht aus dem weiland irdischen Anlaß ihres jetzigen Daseins gespeist, sondern aus den Schauern, welche den Anlaß überwältigten und auslöschten. Wir Menschen haben über die Schauer keine Gewalt außer der Kunst, die sie nicht besiegen will, und unter den Künsten hat die größte Gewalt über sie die, welche sie am deutlichsten erhört, – die Musik. Daß uns Bachs Darstellungen des Abends so ergreifen, daß ein Jesuslicht durch die Dunkelheit leuchtet, ist aus der mitgesungenen Bibellegende nicht zu begreifen, sonst müßte uns außerhalb der Musik durch die Legende die gleiche Angst und der gleiche Trost widerfahren. Halbgestaltetes, Lemurisches, Drohendes, dann Halbgöttliches, Seraphisches lenkt unsere Empfindung und ist ihr Herr.

So ist's mit aller Landschaft. Wo Quellen fließen, ist immer die Gefahr, daß sie die blutigen Heilströme aus Jesu Wunden sein werden. Das Sakrament des Abendmahls droht sich immer zu vollziehen, wenn ein irdisches Wasser rauscht. Wandeln wir auf einem Stern aus Fels und Sand oder auf einem Stern der Seele? Bach antwortet: auf beiden, sobald die Saiten sich rühren (Kantate 5). Die Musik des Unterganges und der Auferstehung ist immer nah. Das Wunder geschieht: die Welt mit ihren Lasten, den Gebirgen, Hungersnöten, Kriegen, mit ihren Lasten Glaube, Hoffnung, Liebe erscheint im Raume des Ohres. Die Macht der Verwandlung ist jedesmal so groß wie die Verwandlung von Wein in Blut, von Brot in Fleisch.

Am lieblichsten aber zeigt sie sich in der Verklärung der Neigung Johann Sebastians zu Barbara oder Anna Magdalena. Wo im Werke ist die Stätte der Hausfrauen Bachs, der Mütter seiner Kinder? Tausendfach ausgestreut in holden Terzenfolgen, in dem süßen Abstand des Sextenintervalls, in den Zwiegesängen zweier verwandter Instrumente oder in den für Lebensdauer nebeneinander eingespannten Saiten auf dem Leibe eines Instrumentes, in den Duetten, den Herzkammern des Vertrauens, der Einsamkeit zu zweien, der seligen Erfüllung, des absichtslosen Wohltuns durch Gefühlserwiderung statt der guten Werke. Das Bürgerliche jedoch schwindet wiederum aus dem Klange, und Eros wächst. Eros steht als der Aufgangsstern am Himmel: »Wie schön leucht' uns der Morgenstern!«, von zwei Violinen ist der Glanz umwunden, und auch bei der Choralstrophe, die den Beschluß der Kantate macht, wird durch Hörner ein vertieftes weiches Licht ausgegossen. Der Morgensterngesang ist für Mariä Verkündigung komponiert. Die Mutter des einzigen wirklichen Königs seit je und auf je ist hier die Braut. Sie trägt unempfangen und ungeboren das Weltschicksal im Schoße. Sie ist unter den Frauen die eine für alle. Was die Schattenmenschen drunten tun, wie klein und nichtig ist es! Und herrlich, daß Johann Sebastian sich und seine Geliebte hinaufverwandelt hat! – Ein grelles Gegenbild huscht in der Phantasie vorbei: Bach, aus dem gleichen Eros, ist auf dem Hügel Golgatha ans Kreuz genagelt und hängt schwer herab; Anna Magdalena ist als Königin in die Gestirne versetzt. Er weiß aus dem Drang seines Blutes das Kreuztragen und die Vollbringung des Martertodes.

Von der Verfassung des unsichtbaren Staates

Wenn wir Grundzüge der Verfassung in Bachs tönendem Staate festzulegen versuchen wollen, werden uns freilich seine Librettisten nicht helfen. Der Privatmann Bach ankert in der strengen Orthodoxie des siebzehnten Jahrhunderts, das ist einfach. Er ist ihr leidenschaftlicher Verteidiger und wird als ein sehr frommer Mann geschildert. Aber in welche Ordnung ragt der ungefesselte Genius in ihm? Der Privatmann hatte zwei Sammelausgaben der Werke Luthers in seiner Bücherei, das fünfbändige Gesangbuch seiner Zeit, ein Werk über die heiligen Reisen; er nahm es genau und horchte auf die Quellen im Mittelalter. Der Genius bedurfte alles dessen auch. Er kontrolliert seine schwachen Textdichter – bezeichnenderweise bevorzugt er die innigeren Pietisten – mit den schriftlichen Wegplänen in der Hand. Er bringt hundert Beziehungen an, die sie übersahen, deren sie nicht gedachten. Er ist ein Eiferer, ein Inquisitor zugunsten seiner Kunst. Hört er Luthers gesprochene Sprache oder nur ihren musizierenden Hintergrund? Es graust ihn nicht, zwischen Luthers Sätze späteres Reimgewäsch zu fügen. Blitzesschrift und Schablonentünche löschen ihre Stile ineinander aus. Ehrenfestes Alter und wenig würdige Jugend werden zusammengepfercht, sie lösen einander ab bei der gleichen Zwangsarbeit, und im Gesicht ihres Zwingherrn fehlt jede Ironie der Grausamkeit – fernes Wetterleuchten widerscheint auf ihm. Luther steht nur hinter ihm und weist ihn mit breithinpeitschenden Schwüren in ein mittelalterliches Gottesreich ein. Luther war ein Bauer, eine Art Spielmann wie Bach selbst, ein Verehrer der Pariser Musik des Josquin des Près. Würde aus seinen Worten der gelehrte Universitätsprofessor hervorschmecken, vielleicht hätte Bach gestutzt. So aber – reibt er sich die Schwere aus den Augenlidern und blickt um sich: noch sind wie um Luther Studenten um ihn, mit denen er zu exerzieren hat, schwerfällige und nicht übermäßig begabte im Durchschnitt, und Professoren lesen ihnen vor, Professoren, zu deren Ehre er Festmusiken verfaßt: »Vivat August Müller, August Müller vivat!«

Das verunreinigt nicht die Ozonquelle des Äthers, der ihm alles durchdringt. Seine Orgeln stehen mitten in diesem Äther Gott, die Luftsäulen, die von ihren Pfeifen erschüttert werden, die Luftsäulen, die es aus seinen Fingern und Füßen her durchrieselt, sind aus dem Äther Gott gebildet. Wollten sie anders tönen, sie könnten es nicht. Jedes noch so weltlich gemeinte Stück bedient sich seiner Anwesenheit. Die eine Atmosphäre hat sein Gehirn befallen, ernährt und ermüdet es. Denkt es, so denkt es unter ihrem Drucke, schläft es, so ruht es in ihrer Wachsamkeit.

Was er außerhalb dieses bindenden Elements angeschaut zu haben glaubt, es bittet und umschmeichelt ihn, es beunruhigt und zerrt ihn, bis er es in ihren Frieden hereingelassen hat. Herakles in den Felsen ruft das Echo an (Die Wahl des Herakles). Herakles muß die Seele werden, und das Echo wird Jesus (Weihnachtsoratorium). Herakles, der ursprünglich Starke, ist nun Bach selbst, der Schwache, und das Echo, das ursprünglich Schwache, ist nun der Gott, der unheimlich und unsichtbar zwischen den Felsen Wartende. Der Gott gebiert sich aus dem Vertrauen, das sich in den Steinabgrund stürzt, weil es weiß, daß es unversehrt, wenn auch leiser, wiederkehren muß.

So reiht sich eine lange Tabelle der Verwandlung weltlicher Musik in geistliche. Bachs Selbstentlehnungen aus früheren Werken zu erhöhtem Zweck scheinen zufällig, aber da die Gesamtschöpfung nach dem irrationalen Plane der Natur zunahm, gehen sie in Wirklichkeit keinem praktischen Bedarf nach, sondern erwidern einem Nachfragen, welches der Arbeitsmann und Beamte Bach nicht vernimmt. Eines Tages brechen sie auf und begeben sich an ihre letzte Stelle. Wenn zuletzt die Bürde der unvollendeten Hohen Messe die Geduld überwältigt zu haben scheint und der Schluß das »Dona nobis pacem«, das »Gratias agimus«

wenig verändert nochmals bringt, so liegt darin noch eine menschlich herbe Fragestellung: Wir haben dir Dank gebracht, gibst du uns nun den Frieden? Und wahrscheinlich hat dieses größte Werk seinen irdisch listigen Zweck nicht erfüllt und verharrte in der Ehre der lautlosen Einsamkeit: der Dresdner Hof, dem es geschenkt war, hat es weder ganz noch in Teilen aufgeführt. Gekränkt wird es Bach nicht haben, denn er hatte die Sätze zu gebirgig angelegt, als daß sie in den Sälen der Königsburg Raum gehabt hätten. Er brachte wenigstens des Himmelskönigs und sein eigenes Gloria einmal vor sein sterbliches Ohr; zur Weihnacht des Jahres 1740 führte er es auf, abgekürzt und für die praktische Absicht durchgearbeitet.

An dem Übergang aus der Geburt in Niedrigkeit in den höheren Bezirk nehmen wie die Kompositionen, so auch deren Träger, die Instrumente, teil. Manche von ihnen besitzen nur einen kleinen Klangdurchmesser. Aber der perspektivische Blick vergrößert ihn unbegrenzt. Die Oboe darf zur Rivalin der Orgel werden. Cembalo und Clavichord tragen so weit, wie der Geist weht. Bittere bewaffnete Mitternacht des Geistes fällt über die dürftigen Rabenkiele her, und sie halten dem Überfall stand, als wäre undenkbar, daß ein gigantischer Hohn sie allesamt zerknicken könnte. Daß sie ohne Zaudern und Besinnen ernst genommen wurden, weiht sie und macht sie stark. Bach hat gern das sangbare Clavichord gespielt: es vergaß sicherlich seine Zimperlichkeit, und die Sinnlichkeit des Tons sprang auf den Tatzen der Gedanken. Fast das gesamte Wohltemperierte Klavier ist sein Widergeist, aber der Charakter des Tons zählte für seine Größe. Die untrennbaren Charaktereigenschaften blieben konstant in Vergrößerung und Verkleinerung, alle Maße verharrten im gegebenen Verhältnis, wie auch ein Fugenthema in der Vergrößerung und Verkleinerung es selbst blieb.

So assimilierte Bach sich Luther, den Ausleger der Verfassung, er aß ihn, er tötete ihn durch Musik, er ließ Luthers Geist auferstehen durch Musik. Die Person war wieder zur Sache geworden. Was auf dem halben Hunderttausend Seiten flammte, angefacht manchmal durch maßlosen Haß, maßlose Streitsucht, was in den Brand geschüttet war an Karren voll Traktaten, Predigten, Auslegungen, Vorlesungen, war nun Ruhe und Härte einer Staatsverfassung geworden. Der Staat war das geistätherdurchdrungene All. In der obersten, wolkendurchflossenen Schicht hatten Heere und Heere von Soldaten ihre Städte, unabmeßbar an Zahl, unbezwingbar an Macht. Dort hatte der König seinen Thron. Er wußte sich durch seinen eigenen Blick zu spalten und ging als Gesetzgeber, Feldherr, Heilbringer, Dämon von sich aus. Immer ganz und gar in jeder Person von sich abziehbar, blieb er als Person unvermindert zurück. So auch schaltete der Fürst mit seiner Macht. Fiel sein Auge auf einen Ort, wo ein Bote, ein Diener hätte stehen sollen, – alsbald stand er da. Und je nach der Kraft des Augenwunsches, ohne daß Zeit vergangen wäre, war eine Schar, eine Legion aus dem Boden gewachsen. Sie warten, sie schweben hinab, wie das Auge befiehlt. Über dem Schweben verrinnt keine Zeit – sie sind bereits auf der unteren irdischen Ebene. Oder ist diese heraufgeschwebt? Kein Wink geschah und kein Flug, der ihm folgte. Die obere Ebene und die untere waren nur eine. Auf der unteren liegen die Länder Europas, die Provinzen, die Städte, Flecken und Dörfer. Keins soll sich vergessen glauben, wenn seiner gedacht werden kann. Selbst Klein-Zschocher bei Leipzig liegt und blüht in dem großmächtigen Gottesstaate. »Klein-Zschocher müsse so zart und süße wie lauter Mandelkern sein.« Prüft die Erde des Dörfchens und die von Zion: die gleiche Scholle zerbröckelt.

Mit dem bloßen Blick gewinnt Bach sogar eine physikalisch-geographische Regierung seiner Welt. Das ist dort der Fall, wo in den Regionen der verschiedenen Tonhöhen die Gefühle ausscheiden. Für die Aufnahme des inneren Raumes wird dann gleichsam ein äußerer eingerichtet, gefühlleer, architektonisch, als reine Disposition. Durch das lebenslange

Nachbilden der Bewegung weiß er alle ihre Ausgänge in der Tiefe, ihre Enden in der Höhe, ihr Beharren im Mittleren. Er kann also die seelische Bewegung unterlassen und gleich das Ziel geben, nur die Feststellung Stern, Sonne, Grab, nur den geographischen Ort, sonst nichts. Dadurch ruft der Gehörseindruck statt der psychischen eine mehr visuelle Assoziation hervor, die nicht immer entbehrlich ist. Bach befiehlt sie systematisch heran oder schaltet sie aus, je nachdem er ihrer bedarf. Er ruft sie besonders herbei, wenn Worte in der Nähe sind, und zerstört dadurch das nur Wörtliche, denn Worte führen immer außermusikalische Vorstellungen mit sich. Der Sänger spricht etwa von Himmel, Erde und Meer. Rasch tupft er einen Ton in die Höhe und macht damit für das Auge eine Geste, er legt einen Ton in die Mitte und hat dadurch auf die Erde gedeutet, er legt einen dritten Ton in die Tiefe und hat auf das Meer aufmerksam gemacht. Mit der Flüchtigkeit der Erinnerung vermeidet er die Abschilderung, mit der Nachlässigkeit des Winks erweist er aber gerade das Gewohnte, Alte, Ewige. Handelt es sich ihm doch nur um ein Behältnis und Gehäuse wichtigerer Dinge. So sind denn besonders die Rezitative mit trockenen Akkorden des Cembalo und bis zur deklamierten Mitteilung abmagernder Melodie der Hauptort, an dem die geographische Struktur der Welt aufgezeigt wird. Damit diese nicht wieder ausgewischt werde, behalten dort auch die inneren Vorgänge nur einen schmalen Platz und dürfen sich höchstens an den Schlüssen versingen.

Von dem Wesen der unsichtbaren Welt

Der unbewegte heilige Äther dieser tönenden Welt ist Gottvater, der bewegende Hauch des Äthers Gott der Geist. Gottvater bleibt der Kunst wie jeder anderen menschlichen Bemühung in seinem Wesen unzugänglich. Die Andacht der Kunst, das ist: ihr Andenken, Eindenken – kann sich nur auf etwas Vorgestelltes oder Durchfühltes, demnach Abgegrenztes erstrecken, weil sie unter dem Zwange steht, sich im Gegenstande des Eindenkens zu zeigen. Verlöre sie ihn, so verlöre sie sich. Unendliche Gefühle gibt es nicht. Gefühle reichen so weit, wie sie noch mit Form bewachsen, nicht um Strichesbreite weiter. Bach ist nicht unweise genug, das Unerreichbare zu erstreben. Er begnügt sich, vom allweisen Wesen (nicht seinen Emanationen) in den schwächsten Symbolen Bekenntnis abzulegen. Er hebt den heiligenden Blick auf die Tonleiter, der aus ihr die Himmelsleiter macht. Der heiligende Blick erblickt den primitiven Dreiklang, und er strahlt Reinheit, Gewißheit und Einheit in dieses Geringste. Er löst die Dissonanzen, verbirgt sich im Schweigen. Gottvater ist sich genug und kann sich daher, ohne die Stimme der Löwen und Donner zu gebrauchen, mit seinem Sohne über die Wesensgleichheit unterhalten, indem der eine sein Motiv in gebundenen, der andere dasselbe Motiv in gestoßenen Tönen auf und ab wiegt; das Gespräch ereignete sich ja in seiner Brust, mochte diese auch die offene Welt enthalten (Hohe Messe). Der Musik ist der Name Gottes weder ein einsilbiges noch ein millionensilbiges Wort. Die Unendlichkeit ist immer unfruchtbar, auch für die Musik. Was außerhalb von Grenzen liegt, verkehrt sich in Wüste. Ein Musiker, der sich ins Unendliche wagen wollte, müßte aufhören, Musik hervorzubringen. Spricht er mit seinen Tönen das Wort Unendlichkeit, so hat er es schon endlich gemacht. Wollte er mit der Allwissenheit oder Allgegenwart ernst machen, so müßte er aufhören, auch nur *etwas* zu wissen, auch nur *irgendwo* zu sein.

Jesus und der Crucifixus sind bei Bach zwei deutlich getrennte Persönlichkeiten, jedoch beide Darstellungen des Hauptbestandes der Menschheit. Der Crucifixus ist ihr aufgetanes Inneres, Jesus ist ihre gesammelte Erscheinung. Jesus wird mit seinem Lebensschicksal entwickelt, und nur ein Bruchteil davon ist die Kreuzigung. Der Crucifixus wird ohne ein sich entfaltendes Schicksal gezeigt. Die Summe der Menschen ist der Gekreuzigte, er ist in ihnen; die Potenz der Menschen ist Jesus, sie sind in ihm. Der erste wird von ihnen erreicht, der zweite nie.

Der Gekreuzigte hat im Gesamtwerke Bachs sein Zeichen, eine Spur, die allenthalben nachgewiesen werden kann. Sie ist so schlicht, wie es sich für ein Urelement der Musik ziemt. Sie ist das chromatische Motiv, aufwärts und abwärts, – eine Tonerscheinung, die auftreten muß, die gar nicht umgangen werden kann. Meistens ist das Motiv nur wenige Stufen lang. Abwärts bringt es den Untergang, aufwärts die Erlösung. Es erscheint entweder nur in eine dieser beiden Richtungen gelegt, oder es winkelt sich verbunden nach beiden Richtungen. Es hat nichts Theatralisches, ist kein pomphaftes Leitmotiv, das sich vordrängen und alles übrige vergessen machen möchte. Viel lieber waltet es selbstvergessen und unauffällig wie der Mensch im Gesamtbilde der Menschheit: es sind darin der Menschen zu viele, als daß man die Züge ihrer Angesichter noch unterschiede. Sie werden geboren und sterben, sie tragen das Doppelstigma Hoffnung und Verzweiflung, Sehnsucht und Verzicht. Wir finden den noch nichts von sich selbst wissenden Crucifixus ganz früh in einer familienhaften Nebenarbeit, wo die Freunde einen Abreisenden an den Wagenschlag begleiten und lamentieren, bevor das Posthorn einsetzt: Schmerztöne von Golgatha gespenstern kindisch durch die thüringischen Wälder.

Jesu musikalische Behausung ist das Baß-Arioso. Er ist auf eine sanfte Weise das dämonische Prinzip der Menschlichkeit. Ein guter Mensch ist furchtbarer, weil unbekannter, als ein böser, also ein fratzenhafter, verzerrter. Daher rührt bei Bach die Banngewalt Jesu. Er weiß zuviel von den Zusammenhängen, welche den meisten verschleiert sind. Die anderen vermuten in ihm das Verborgene, das doch niemals mit Stirn, Flügel, Finger und Fuß vor sie treten wird. Er selbst hat nicht den Wunsch, das Zusammenhangvolle in ein Tastbares und also Zusammenhangloses zu verwandeln. Darum setzt er das Abendmahl als einen Klang ein, und Wein und Brot sind Blut und Leib. Immer ist er in der Nähe seines Wortes: selig sind, die nicht sehen und doch glauben. Wir glauben, um im Unheimlichen die Güte zu erspähen. Auch Jesus hat seine Zeichenspur. Sein Heiligenschein geht ihm voran, ohne daß er selber schon da wäre. Er leuchtet in den Instrumenten auf, während die Singstimme erst die ankündigenden Worte spricht: »Nun wird das Heil der Erden einmal geboren werden.« Der Heiligenschein umleuchtet den Schlummer des Kindes; gegenüber der ersten Fassung dieses Schlafgesanges in der weltlichen Kantate ist die zweite um den Farbenhauch von fünf Holzinstrumenten bereichert. Die Glorie geht dem Rätselhaften voran wie die Kometen und Nordlichter den ungeheuren Zeiten.

Christus, der erhöhte, ist irdischem Forschen und Sorgen entzogen in unproblematische Pracht der Motive. Ihm entströmt die Identität mit sich selbst als äußerste Kraft.

Diese Gestalten sind von vielen *Helden* bedient.

Aus der unabsehbaren Fülle sei ein einziges Beispiel gewählt, um zu zeigen, wie Bach die visionäre Figur seiner Helden erzeugt, indem er die ihnen zugeschriebenen Gewalten vorführt. In überlebensgroßem Umriß erheben sie sich aus ihrer Tat. Die Tat ist eine fast physische Zeugung durch den Geist. Die Söhne dieser Zeugung kennen nur den Zustand der Erwachsenheit, nicht die Stadien Geburt und Tod. Einer von ihnen ist der Erzengel Michael. Er heißt darum mit unangreifbarem Recht der »Unerschaffene«. Er gebietet über so viel Engel, daß sie »Leib und Seele zudecken«. Bach erfuhr es während der Erzeugung Michaels, er selbst versteht nun mit Engeln, mit selbsterschaffenen Engeln, zu fahren »auf Elias Wagen rot«. Sie lagern sich, wenn alles bricht und fällt, um seine Seiten her, und er bleibt doch in unerstaunter Ruhe, vertrauend auf sein mächtiges Geschöpf. Michael, der Sieger seines Königs, schickt Bach feurige Rosse, wenn er ihrer bedarf, denn der Erzengel verdankt ja ihm sein Dasein. In drei Kantaten hat Bach ihn singend ausgeatmet, emporgeatmet, zuerst im Chore »Es erhub sich ein Streit«. Die rasende Schlange, der höllische Drache stürmt wider den Himmel, und Michael bezwingt ihn. Ungefähr fünf Jahre später erfolgte die Bestätigung in der Kantate »Man singet mit Freuden vom Sieg«, und um weitere zehn Jahre in der Kantate »Herr Gott, dich loben alle wir«. In »Es erhub sich« setzt sich der Erzengel Michael prachtreich von den gewöhnlichen Engeln ab, die in Bachs Arbeiten als ein seliges Flügeln oder Freuen erscheinen. Ein Baßmotiv von grandios geladener Kraft wie Ausholen und Niederschlagen eines Riesenschwertes zeigt sich wiederholt im hellen Krachen und Lärmen, wo der Dampf der Höhe und Tiefe durcheinanderbraust und feste Schlachtordnungen der himmlischen Heere die höllischen niedertreten, – von Anfang an schon niedergetreten haben. Die Getöteten werden immer wieder erweckt, um abermals und abermals vernichtet zu werden. Nur vor dem Beginn des Dakapo wird der Sopran von »des Satans Grausamkeit« eine kleine Weile chromatisch von der Tiefe eingesogen, und auch das Rollen und Toben des Kampfes darunter schraubt sich mit seiner siegröchelnden Masse langsam nach unten; dann aber strahlt aus der Wiederholung des Anfangs der Sieg, befestigt, wieder auf, und man möchte sich das Ganze wie einen ungeheuren Strudel ohne Aufhören fortgedreht denken, immer rasender und gewaltiger. Und in der Mitte des Strudels reckt sich steil und unversehrbar der Bezwinger des Drachens. Hier ist ein Triumph der Dakapoform, – das Perpetuum mobile unsterblicher Organismen. Die Auswirkung und Erlösung einer grausam lachenden Streitlust verlieh Bach in der perspektivischen Vergrößerung einen vergrößerten Optimismus im Schmerze. Er hat erfahren, was niederzuringen er fähig ist. So steigert er in derselben Kantate absichtlich die Energie des Bösen und Gefährlichen, er dichtet den Picanderschen Text um, damit der Wunsch seiner Natur darin Gelegenheiten der Entfaltung finde. Picander schreibt für das zweite Rezitativ die Worte: »Was ist der Mensch, das Erdenkind, der Staub, der Wurm, der Sünder? daß ihn der Herr so lieb gewinnt und ihm die Gotteskinder, das große starke Himmelsheer zu einer Macht und Gegenwehr, zu seinem Schutz gesetzet.« Bach dichtet: »Was ist der *schnöde* Mensch, das Erdenkind? Ein Wurm, ein *armer* Sünder. *Schaut,* wie ihn selbst der Herr so lieb gewinnt, *daß er ihn nicht zu niedrig schätzet* und ihm die Himmelskinder, *der Seraphinen Heer* zu *seiner* Wacht und Gegenwehr, zu seinem Schutze sendet.« Er komponiert »der schnöde Mensch« als ein Absinken der Schwäche, das »Erdenkind« als ein Auffragen aus der Tiefe, und eine Disharmonie fesselt es. »Ein Wurm« bestätigt sich, festgehalten in der Fessel. »Ein armer Sünder« seufzt septimenweit rasch in die Höhe und rollt vier gleichmäßige Tonstufen hinunter. Das »Schaut!« steht schroff, abgesondert zwischen zwei Pausen. »Der Herr«, das »Seraphinenheer« und die Gegenwehr erreichen dann die Gipfeltöne im Lichte.

Was aber ist vor all diesen Gestalten die Myriade *Mensch?* Schmutz, Staub, Asche, Erde, Gift, Krankheit, Tod; sein Eigenname lautet: Sünder. Der Sünder ist ewig wie der Gott. Besäße er nicht das Sehorgan, das Tastorgan der Sünde, so wäre er blind und ohne Hände. Unter solchen Umständen bedeutet in Bachs Musik die Sünde eine höchste Auszeichnung: Sehnen bis zur Verzweiflung und Zerknirschung ist ihre Gnade und das Wissen um das Sterben als einen Durchgang zum heilen Ursprung. In den Passionen und Kantaten drängen sich die dem Sünder zugehörigen Sätze zwischen die Erzählung und das Drama. Sind sie Monologe? Sind sie die Lyrik überhaupt? Die Sünde ist der Mut zur unverfälschten leidenschaftlichen Wirklichkeit. Schwermut preßt wild auf Schwermut, damit sich die Heiterkeit ohne Lüge herauskeltere. Was schon in den Grenzen der unbarmherzigen Wahrheit bebt, muß noch tiefer hinein, damit es unter dem zermalmenden Gewicht der Mitte an innerlichem Widerstand unermeßlich werde. Was da schon weint, muß heulen, was vor Furcht winselt, muß die Menschenrede fast verlernen, weil ihm die Zunge am Gaumen klebt. »Weinen, Klagen, Sorgen, Zagen« (Kantate 12) erstarren in dem einen Worte »Crucifixus« (H-moll-Messe)! Der Erbfluch brannte im Blute der Gemarterten, nun sehen sie ihn vor sich aufgerichtet: den Marterbaum! In einer Sprache, welche nicht die ihre ist und ihren Mund prophetisch verwandelt, wimmern sie immer nur die vier Silben »Crucifixus.« Und fast schon schlägt das Wort ins Sprachlose über und löst sich, dem Elementaren heimgegeben, in bewußtloses Trauertreiben auf, das hellseherisch schon über der Vernunft der Schmerzerschütterung ist, so gewaltsam ist es. Nicht Menschen mehr essen Tränenbrot, sondern der Nachtraum selber starrt auf das Entsetzen und sinkt in langsamem Taumel herunter, in Stößen, als drehe sich das Universum im unabsehbaren Trichter des Chaos – und es dreht sich nach dem gravitätischen Tanzschritt der Passacaglia.

Die internationale Gilde der *Tänzer* muß für diesen Staat erzogen werden: Allemande, Courante (mit der italischen Abart Corrente), Gigue (Giga), Menuett, Bourrée, Passepied, und wie sie alle heißen. Wo die Sünder so stark an Trauer und verzweifelter Sehnsucht sind, müssen sie, die Pfleger unschuldiger Weltlust, ebenfalls kräftig werden und wert, vor dem Großkönige zu tanzen. So werden aus den zierlichen französischen Suiten die derberen englischen und aus diesen die rassig jugendlichen deutschen Partiten. Nur die Zunahme an Willensvolumen hebt sie von denen beispielsweise Couperins ab. Der formale Bau ist gleich, und sogar mancherlei von dem, was die Gauklergestalten sich im Bereiche der Franzosen einfallen ließen, fällt ihnen auf dem Boden Bachs wieder ein.

Auch an *Riesen* fehlt es in den inneren Gefilden nicht. Sie sind täppisch und humorig, Abstrakta aus den Zwischenreichen der Natur mit groben Gesichtszügen und geblähtem Eifer (Kantate 3). Die vom Baume der Erkenntnis herabgekrochene Schlange gebärdet sich gelegentlich wie ein Jahrmarktstier von erstaunlicher Stattlichkeit, über die Firste der Häuser aufgerichtet, zwei Oktaven hoch, und ihr Auftritt wird von der Pauke und drei Trompeten umschmettert (Kantate 130, Baßarie).

Wir fassen zusammen. In Bachs unsichtbarem Staate herrschen nicht die Gesetze der Kausalität (außer in technischem Sinne), und darum gibt es darin keine Schuld und Sühne, nur den religiösen Glauben der Gestaltung an sich selbst.

Verschlossen ist Bach die Möglichkeit, den ethischen Beweggrund einer Handlungsweise zu geben, aus einem Erlebnis die moralische Folgerung zu ziehen, es mit einem anderen psychologisch zu verknüpfen. Aber die Musik ist Seelenkunde in sich selbst, absolut. Soziales kann demnach nur ausgespart werden, so in dem Chore, wo um Jesu Kleider gewürfelt wird, so in den Kreuzigungschören. Bach vermag nicht zu sagen: kreuzige, weil, – kreuzige, damit. Die Frage: warum lebt man, warum stirbt man? ist ihm unhörbar; hörbar ist ihm nur die Antwort: man lebt, man stirbt. Das tönende Nichts bewahrt unverrückbar das irdische All. Was die wechselnden Menschengeschlechter, darin betroffen, einmal in verschollenen Dialekten sprechend, über Zweck und Sinn des Lebens dachten, das fließt hindurch, ohne es anzurühren. Die All-Idee ist Gegenwart, oder sie ist nicht. Bachs Religion ist eine Religion des Heiligen Geistes. Sie empfängt ihn aus der Orthodoxie des Dreißigjährigen Krieges und löst ihn daraus. Das Feuer erfüllt sie wie ein Meer, Bach erkennt: dieser Geist ist heilig. Um diesen Satz auszusprechen, brauchte er all die Hunderte der Werke, die sein Leben ausmachen.